O PRÍNCIPE DO CORAÇÃO DE OURO

O PRÍNCIPE DO CORAÇÃO DE OURO

ALDIVAN TORRES

Canary Of Joy

CONTENTS

1   1

CHAPTER 1

"O Príncipe do Coração de Ouro"
Aldivan Torres
O Príncipe do Coração de Ouro

Autor: Aldivan Torres
©2020- Aldivan Torres
Todos os direitos reservados.

Este livro, incluindo todas as suas partes, é protegido por Copyright e não pode ser reproduzido sem a permissão do autor, revendido ou transferido.

Aldivan Torres, nascido em Brasil, é um es-

critor consolidado em vários gêneros. Até agora, os títulos foram publicados em dezenas de idiomas. Desde tenra idade, ele sempre foi um amante da arte de escrever, tendo consolidado uma carreira profissional a partir do segundo semestre de 2013. Ele espera, com seus escritos, contribuir para a cultura internacional, despertando o prazer de ler naqueles que não têm o hábito. Sua missão é conquistar o coração de cada um de seus leitores. Além da literatura, suas principais diversões são música, viagens, amigos, família e o prazer da própria vida. "Pela literatura, igualdade, fraternidade, justiça, dignidade e honra do ser humano sempre" é o seu lema.

Dedicatória e Agradecimentos

Dedico esta obra a minha mãe, a minha família, a meus leitores, a meus seguidores e admiradores. Eu não seria nada sem vocês.

Agradeço a Deus em primeiro lugar, a meus parentes e a mim mesmo por ter sempre acreditado em meu potencial. Eu ainda vou chegar mais longe.

O Autor

Conteúdo do Livro

O príncipe do coração de ouro 4
O príncipe do coração de ouro 2 10
Príncipe do coração de ouro 3 14
Príncipe do coração de ouro 4 17
PRINCIPE DO CORAÇÃO DO OURO 5 21
Príncipe do coração de ouro 6 25

"Em seu coração o homem planeja o seu caminho, mas o Senhor determina os seus passos."

O príncipe do coração de ouro

Príncipe Zaci

O que está acontecendo, Taú? Onde estamos?

Taú

Fomos sequestrados e presos, Zaci. A má sorte chegou para nós.

Zaci

O que vai acontecer agora? Para onde vamos?

Taú

Parece que estão nos levando para o novo continente.

Zaci

Meu Deus. Não estou gostando nada disso. Eu não queria sair do meu país. Eu tenho um reino para governar e uma mulher para amar. O que será do meu povo do Sudão do sul?

Taú

Eu também não queria sair de lá. Mas estar com você nessa situação me dá forças. Nós vamos nos unir e tentar sobreviver a esse caos.

Zaci

Verdade. Obrigado pelo apoio. Eu não sei o que seria de mim sem você. Meu grande amigo desde a infância.

Taú

Não precisa agradecer. Eu também preciso do seu apoio. Oxalá vai nos proteger.

Zaci

Que ele te ouça.

Capitão

Parem de conversas e comecem a trabalhar, negros. Lavem o navio.

Taú

Já estamos indo, senhor.

Lavando o navio

Mulher

Meu Deus. Quanta crueldade! Este trabalho é muito duro.

Zaci

Não se preocupe, moça. Nós estamos bem. Como se chama?

Mulher

Sabrina e vocês?

Zaci

Zaci. Muito Prazer.

Taú

Meu nome é Taú. Estamos acostumados a trabalhos duros. Nós vamos resistir porque nossa vontade de liberdade é maior do que tudo.

Mulher

Mas isso é injusto. Deus criou os homens livres. Todos, independente de raça, merecem ser respeitados.

Zaci

Esse é um mundo de ilusão. Os interesses financeiros estão em primeiro lugar. Mas tenho consciência que para Oxalá somos iguais.

Taú

Nos resta pedir força para que possamos suportar todas as adversidades. Nós somos guerreiros e não desistiremos facilmente.

Mulher

Muito interessante. Queria conhecer a história de vocês. Poderiam me contar?

Zaci

Sou rei no Sudão do Sul. Vivia num palácio cercado de empregados junto com minha mulher. Os estrangeiros invadiram nosso território, estupraram e mataram minha mulher. Depois, nos sequestraram. Por isso estamos aqui.

Taú

Eu sou assessor do rei e melhor amigo de infância dele. Juntos, éramos felizes na África. Coube ao destino nos tirar tudo. Agora nos resta lutar.

Mulher

Pois então lutem. Podem contar comigo para o que precisar.

Zaci

Muito obrigado, Senhora. Agora vá embora antes que nos encontrem aqui.

Mulher

Está bem. Bom trabalho.

Festa á noite

Capitão

Dancem para nós, negros. Queremos nos alegrar.

Negros dançam

Capitão

Não gostei da dança. Estavam sem vontade. Vocês vão ser castigados.

Cenas de tortura-batendo nos negros.

Depois

Zaci

Onde estamos?

Taú

Ainda bem que você acordou. Sofremos horas nas mãos daqueles desgraçados. Nos bateram até que ficamos desacordados.

Zaci

Malditos! Desgraçados! Que ódio deles.

Taú

Calma. Não ganhamos nada com essa afronta. Vamos ter que suportar até o fim. Quando chegarmos no novo continente, podemos pensar numa rota de fuga.

Zaci

Se sobrevivermos, não é? Do jeito que a coisa está, vai ser muito complicado.

Taú

Tudo é possível para quem crê em oxalá.

Sabrina

Cheguei meus amores e trouxe comida. Vocês precisam ficar fortes.

Zaci

Obrigado, Sabrina. Estávamos precisando mesmo.

Sabrina

Não foi nada. Eu prometi que ajudaria. Eu adoro participar de boas causas.

Taú

Ainda assim somos muito gratos. Você é um anjo em nossas vidas.

Sabrina

Considerem-me apenas uma serva de Oxalá. A estrada é longa. Eu estarei com vocês em todos os momentos.

Zaci

Que Deus te abençoe.

Na nova terra

capitão

Chegamos em Mimoso. Este é o ponto final para vocês, negros. Vendi vocês para um fazendeiro. Vocês vão ser escravos dele.

Zaci

Que decadência para alguém que já foi rei! Mas é assim que deve ser. Você ainda pagará por isso, capitão!

Capitão

Você não está em posição de ameaçar! Contente-se em estar vivo. Eu poderia ter feito algo pior.

Taú

Mas não fez para não levar prejuízo. Somos apenas mercadorias para vocês. Saiba que somos seres humanos com valores. Isso é algo que você nunca vai entender.

Capitão

Já basta! O fazendeiro já está a caminho! Graças a Deus me livrarei de vocês duma vez por todas.

Casa GRANDE

Aluízio

Filha, acabaram de chegar alguns negros da capital. Vão trabalhar na fazenda. Quer ir comigo vê-los?

Catherine

Claro, papai. Estou precisando de escravos novos na casa grande. Vou escolher pessoalmente.

No curral

Catherine

Eles são muito bonitos, papai. Poderia me conceder um desejo?

Aluízio

O que você quiser, filha.

Catherine
Quero eles trabalhando para mim no meu recinto pessoal. Eu sinto falta duma presença masculina ao meu redor.

Aluízio
Tudo bem, filha. Eles estão a sua disposição.

Catherine
Muito bem, negros. Quais são seus nomes?

Zaci
Meu nome é Zaci. Estou às suas ordens, senhorita.

Tau
Meu nome é Taú. Fico feliz em servi-la. Nada de mal vai te acontecer. Pode confiar em nós.

Catherine
Eu simpatizei com vocês. Poupei vocês do trabalho duro. Vocês só têm que me acompanhar e fazer tarefas domésticas pois eu não sou boa nisso.

Taú
Sou um exímio cozinheiro e o Zaci é um ótimo lutador. A senhorita não poderia estar em melhores mãos.

Catherine
Gostei muito dessas informações. Espero que sejam felizes aqui. Sei que é difícil ser escravo num

país distante, mas é como a lei funciona. Eu simpatizo com a causa escravagista.

Zaci

A senhorita me parece uma pessoa muito boa. Já simpatizei com você.

Taú

Eu também já gostei dela. Muito educada, inteligente e simpática. Bastante humilde para quem é uma proprietária de terras.

Catherine

Obrigado a ambos. Eu sou uma mulher evoluída. Acho que vamos nos dar muito bem.

O príncipe do coração de ouro 2

No quarto da dona

Catherine

Já faz dias que vocês estão aqui e eu não sei nada sobre vocês. Gostaria de saber mais de vossa história. Poderiam me contar?

Zaci

Eu era rei no Sudão do sul. Tinha uma vida pomposa e alegre. Era servido por milhões e meu governo dirigia sabiamente a todos. Eram tempos memoráveis e virtuosos até que o pior aconteceu.

Fomos assaltados e sequestrados. Nos trouxeram até aqui.

Taú

Eu era assessor dele. Participava do governo com vários projetos. Éramos respeitados e felizes. Hoje não temos nada.

Catherine

Não falem assim. Isso me provoca uma severa tristeza. Acho completamente injusto a escravidão. Por isso quis protege-los. Mais do que criados, vocês serão meus amigos e confidentes. Nada faltará para vocês. Eu acho que a liberdade não está tão longe. Existem vários movimentos sociais em defesa da liberdade dos negros no país. A sociedade vem evoluindo aos poucos e as injustiças vão ser corrigidas.

Zaci

Tomara, senhorita. Depois de todos estes fatos tristes, você foi uma coisa boa que nos aconteceu. É o que nos dá esperança dum futuro melhor e mais justo. Você me parece com minha esposa. Eu era muito feliz com minha esposa na África. Nós vivemos muitos momentos felizes. Fazíamos viagens e trabalhos juntos. Éramos totalmente conectados. Me separar dela me trouxe muita tristeza. Ainda não superei esse trauma. Foram mais de dez anos de convivência duradoura. Enfim, encontrar você nos ajuda a nos sentir melhor.

Taú

Eu também tinha esposa e filhos. Isso nos traz muita tristeza. Sua presença e apoio é importante nesse momento. Precisamos muita força para encarar nosso destino. Muitos de nossos irmãos já morreram. Morreram na senzala, humilhados e torturados. São décadas de humilhação e desprezo praticadas pelo homem branco. Não é justo trabalharmos para enriquecermos os outros. Não é justo vivermos os sonhos dos outros. Nós temos nossa própria individualidade e sonhos. Exigimos nossos direitos como ser humano que somos. Exigimos nossa liberdade e individualidade. Sem isso, nunca seremos felizes.

Catherine

Compreendo. Podem contar comigo. Estou a vossa disposição. Somos amigos desde agora. Vamos ser cumplices no trabalho e na vida. Seremos uma equipe em busca da felicidade, liberdade e realização. Eu tenho muita fé no futuro. Espero que nosso trabalho em conjunto gere frutos. Não vamos desistir de alcançar nossos sonhos. Embora os obstáculos sejam gigantescos, podemos enfrentalos com muita garra, força e fé. Eu acredito no nosso potencial e na resolução de ideias. Podemos construir algo benéfico juntos. Bom, era isso que eu tinha para dizer. Preciso ficar sozinha. Vão cuidar dos cavalos.

Zaci

Está bem, senhorita.

Taú

Já estamos indo. Fique com Deus.

Catherine

Estou refletindo um pouco. Que sofrimento esses dois passaram. Vivem histórias totalmente diversas na atualidade. Entendo a preocupação e sofrimento deles. Estão num país estranho como escravos. Isso é algo bastante doloroso. Serei a protetora deles. Nada de ruim vai acontecer com os dois. Eu me sinto bem na companhia deles. Eles me parecem dois príncipes. Um deles tem o coração de ouro. Ele é gentil, educado e prestativo. Um grande homem que atravessa um momento ruim. Preciso ajudar os dois a encontrar a felicidade nesta terra distante. É uma missão que tenho. Não tenho nenhum interesse nisso. Quero ver a felicidade de ambos. Contribuir para isso vai me fazer muito feliz. Eu tenho pensado sobre minha trajetória nobre. Nasci numa família rica, mas sempre fui atenta às necessidades do pobre. Somos seres humanos iguais. Eu sou irmã dos negros, brancos, índios ou qualquer minoria. Somos filhos do mesmo Deus.

Jantar

Aluízio

Boa noite, filha. Como andam os trabalhos na fazenda?

Catherine

Estão indo muito bem. Orientei os escravos e cada um foi fazer sua tarefa. Com minha coordenação, os lucros aumentaram. Estamos vivendo um período de bonança financeira. Isso nos permite fazer algumas extravagâncias. Quero roupas e sapatos novos. Quero boa comida e bom lazer. Precisamos aproveitar dos frutos do nosso trabalho.

Aluízio

Concordo. Mas também precisamos poupar um pouco de dinheiro. É um jeito seguro de evitar a crise. Já existem muitos rumores de que a escravidão em breve acabará. Isso nos prejudica totalmente.

Catherine

Não acho isso totalmente ruim, papai.

Podemos continuar com os mesmos empregados com condições mais justas. Seria algo extremamente benéfico para nossos negros. Já somos muito ricos e premiar o trabalho seria ótimo. Em sociedades evoluídas, não há escravidão.

Aluízio

Você é uma ótima filha, mas uma péssima visionária. Quanto mais lucro para nós, melhor. Prefiro as coisas do jeito que estão. É mais cômodo para nós.

Catherine

Não concordo, mas respeito sua opinião. Queria um mundo mais justo.

Aluízio

Como seus serviçais estão lhe tratando?

Catherine

Muito bem. Descobri que um deles era rei na África. Quem diria que um de nossos escravos já foi rei. Isso parece uma história fantasiosa.

Aluízio

Isso é realmente surpreendente. Mas tome cuidado com eles. Temos que evitar um contato mais próximo. Cada um tem seu lugar.

Catherine

Sei disso, papai. Mas eles me parecem bastante

pacíficos. Eles me tratam muito bem. Creio que não corro grande perigo.

Aluízio

Ainda bem. Qualquer coisa, é só me avisar.

Príncipe do coração de ouro 3

Tarde na lavoura

Catherine

Boa tarde, meus amores. Vim verificar os trabalhos da lavoura e saber como estão. Penso que deve ser bastante cansativo e tedioso este trabalho.

Taú

Já estamos acostumados, senhorita. O trabalho dignifica o homem. Penso que nossa contribuição será importante para o crescimento da economia do país. Além disso, apesar de sermos escravos, é bom se sentir útil.

Zaci

Estamos muito bem, jovem donzela. Esse não é um lugar apropriado para pessoas do seu nível. Deveria estar descansando na fazenda. O sol forte pode fazer mal para sua pele.

Catherine

Eu estava entediada na fazenda. Gosto de interagir, conversar e ver pessoas. Tudo para mim é questão de reflexão, planejamento e ação.

Zaci

Entendi. Simpatizo com a senhora. Você também é muito bela e carismática.

Catherine

Agradeço sua gentileza. É bom me sentir bonita. Um elogio vindo dum príncipe é algo muito importante para mim. Cada dia que passa, me sinto mais feliz ao lado de vocês. Podem contar com minha ajuda. Serei sua protetora.

Taú

Agradecemos muito. Temos motivos para continuar sonhando com dias melhores. Vamos continuar lutando pela causa escravagista. Há muitos movimentos no país em relação a isso.

Catherine

Tem meu apoio. Preciso apenas duma lei para coloca-los em liberdade. Todos nós temos esse direito.

Zaci

Concordo. É como diz o ditado: Tudo acontece na hora certa. Vamos trabalhar em nossos objetivos que a vitória chegará.

Na lagoa

Zaci

Foi uma ótima ideia ter vindo aqui após um longo dia de trabalhos. Obrigado pela oportunidade, madame.

Taú

Adoro esses momentos de lazer. Fazíamos muito isso na África. Só em pensar sinto saudades.

Catherine

Não precisa agradecer. É uma ótima oportunidade de distração. Vocês merecem pela dedicação ao trabalho. Também podemos nos conhecer melhor.

Zaci

Eu começo. Sou um homem maduro, trabalhador e honesto. Tenho sangue real e alma de camponês. Tudo o que faço é por amor ao próximo. Estamos diante duma sociedade injusta em suas regras e valores. Eu me sinto na obrigação de lutar contra isso com todas minhas forças. Quero ser lembrado pelo meu caráter e determinação.

Taú

Eu sou um bom serviçal. Cumpro com minhas obrigações e deveres. Também sou um ótimo companheiro e amigo. Meus amigos me elogiam pela minha lealdade. E você? Quem é você, senhorita?

Catherine

Nasci numa família rica. A boa situação financeira me permitiu estudar e ser dona da minha vida muito cedo. Mas independentemente disso, aprendi com a vida. Eu sei que a realidade da maioria é diferente da minha situação. Tenho especial apreço pelas minorias injustiçadas. Gosto de me associar a causas nobres. Quero que a sociedade evolua e tenha mais igualdade entre os seres humanos. Somos todos iguais perante Deus. Com relação ao aspecto pessoal, sou uma donzela meiga, educada e inteligente. Tenho bons hábitos e valores. Devo confessar que sou apaixonada por homens, especialmente os negros.

Zaci

Muito bem! Eu amo mulheres de qualquer cor. Mas sei que sou de outro nível. Respeito as minhas patroas.

Catherine

Não acredito nisso. Você é príncipe, esqueceu? Seu nível é ainda mais alto que o meu.

Zaci

Mas agora não passo dum simples escravo. Não quero lhe causar problemas, mas gosto de você.

Taú

Eu apoio vocês dois. Fazem um casal lindo. Podem contar com minha proteção. Ninguém vai ficar sabendo.

Zaci

Sendo assim, quer ser minha namorada, Catherine?

Catherine

Quero. Gostei de você desde o princípio. Não tenho preconceitos pois sou uma mulher estudada. Vamos ficar juntos. Sempre busquei o amor da minha vida. Agora que encontrei não vou perde-lo. Vamos construir uma história linda.

Zaci

Prometo que farei você feliz. Com discrição, vamos construindo um relacionamento perfeito. No momento certo, saberemos como agir. Eu só sei que quero ter você como minha mulher. Mesmo que contra todos, vou lutar por esse amor.

Catherine

Eu também lutarei por esse amor. Somos livres e temos capacidade de amar. Não quero saber de regras. Eu quero apenas viver e ser feliz.

Taú

Parabéns ao casal. Que esse amor dure para sempre. O amor realmente vale a pena. São momentos importantes de nossa vida que não devemos perder. Vamos deixar a vergonha de lado e aproveitar o que a vida nos oferece. Eu já tenho namorada. Faltava meu rei arrumar seu amor. Desejo toda felicidade do mundo. Ninguém poderá vos separar pois percebo que se amam de verdade. Como disse, podem contar comigo. Eu estarei como cúmplice de vocês em todos os momentos. Vocês merecem ser felizes.

Príncipe do coração de ouro 4

Casa grande
Zaci
Seu pai viajou. Essa é uma ótima chance para fugirmos.
Catherine
Para que lugar vamos, amor?
Taú
Vamos para o quilombo. Nossos irmãos negros estão nos esperando.
Floresta
Zaci
Porque você aceitou minha proposta? É muito

arriscado para uma jovem donzela fugir de casa. Eu não tenho nada para te oferecer.

Catherine

Porque te amo e gosto de aventuras intensas. A vida rica nunca me atraiu. Sempre me senti numa posição ruim. Eu me contento com pouca coisa. Basta ter amor e liberdade.

Taú

Você é realmente corajosa. Mas como seu pai reagirá?

Catherine

Deixei uma carta explicando tudo. Meu pai nunca me condenaria. Ele me ama.

Zaci

Mas não me aceitaria como seu esposo. Devo me precaver contra eventuais represálias. Não me arrependo do meu ato. Eu queria ser livre na sua total forma de expressão.

Catherine

Eu te apoio, meu amor. Eu estarei onde você estiver.

Na fazenda

fazendeiro

Minha filha fugiu com aqueles dois negros.

Que mal fiz, meu Deus? Criei uma filha com tanto zelo para ela se tornar esposa dum negro.

Governanta

Compreendo seu dor, barão. Mas foi a escolha dela. Precisamos respeitar isso.

Fazendeiro

Não vou respeitar. Quero minha filha de volta. Vou denunciá-lo às autoridades. Vou busca-los nem que seja no inferno.

Delegado

O que houve, barão? Que gritaria é essa?

Fazendeiro

Que bom que você veio. Dois negros levaram minha filha para o quilombo. Isso é um sequestro. Precisamos ajudar minha filha.

Delegado

Tem certeza que ela foi sequestrada? Ir atrás deles é uma temeridade. Eles sabem se defender muito bem.

Fazendeiro

Não quero saber! Peça ajuda ao governador para que envie as tropas. Vamos mostrar a esses negros quem manda.

Delegado

Está bem! Farei o que estiver ao meu alcance.

Fazendo

Faça o impossível! Eu quero resultados satisfatórios ou então você perderá o cargo.

Delegado

Está bem, barão! Prometo que você terá os resultados.

No quilombo

Zaci

Está tudo bem com você? Como se sente?

Catherine

Feliz e preocupada. Não quero que por minha causa você sofra. Você devia ter me deixado para trás. Só assim teria mais chances de escapar.

Zaci

Eu não tinha saída. Viver como escravo é muito ultrajante para mim. Eu tive que arriscar. Eu tenho sangue real. Eu mereço a esperança da liberdade e do amor.

Catherine

Creio que tenho uma parcela de responsabilidade nisso. O que acontecerá depois? A essa hora devem estar nos procurando. Imagino que eles vão querer nos encontrar a qualquer custo. Podem até te prender, mas eu também irei junto. Não vou abrir desse amor nem mesmo diante da morte.

Zaci

Nunca pensei que encontraria uma mulher branca tão determinada. Você me lembra minha esposa da África. Creio que também isso é amor. Amar é algo totalmente sem controle e inexplicável. Eu gosto desse sentimento. Creio em seu poder de produzir milagres pois o próprio Deus é amor. Nós somos fruto desse amor que ultrapassa reencarnações. Eu acredito muito em destino. Creio que somos espíritos ligados a outras reencarnações. No momento certo, nos encontramos em situação desfavorável nessa vida e a dor nos uniu. A dor nos dá coragem e força. A esperança e fé transformam as relações. As ações mostram quem somos e o que desejamos. Somos a união de desejos e lutas. Aprendizes do criador num mundo de expiação e provas. Aqui estamos nós esperando as coisas se concretizarem.

Catherine

Verdade! Estamos prontos para o que der e vier. Nossa força nos fortalece e nos conforta. Esperaremos nossos algozes com cabeça erguida. Enfrentaremos nosso destino com coragem. A morte não é nada frente aos nossos maiores sonhos. É preciso se arriscar para ser feliz.

Zaci

Nada vai acontecer com você. Pode ficar tranquila. Deixem nossos inimigos virem em perseguição. Não vou enfrenta-los. Eu queria mesmo ter um motivo para falar com seu pai. A nossa fuga foi um pretexto. Não tinha como esconder isso a vida inteira. Precisamos perder o medo e encarar nossos adversários. Vejo rumores de que a escravidão está acabando. Só falta assinar a lei, o que pode acontecer nos próximos dias. Pelas vias legais, queremos nosso direito como cidadãos.

Taú

Acalmem vossos corações. Temos um grande Deus ao nosso lado. Tudo na nossa vida está escrito. Tenho certeza que o senhor escreveu uma história linda para vocês. Vosso amor é verdadeiro. Vocês têm o direito de ficar juntos. Eu apoiarei e protegerei vocês dois. Sou um guerreiro treinado. Somos mais fortes do que o governo. Vamos aproveitar a situação e esclarecer as coisas.

PRINCIPE DO CORAÇÃO DO OURO 5

ZACI

Finalmente vocês chegaram. Eu e minha mulher estávamos esperando. Precisamos conversar urgentemente.

Barão

Você me fez uma afronta grande. Raptou minha filha sem dar explicações. Isso não pode ficar assim. Você vai ter que pagar pelos seus erros.

Catherine

Isso não é verdade, pai. Eu vim de livre espontânea vontade. Você tem que entender que nós nos amamos e precisamos ficar juntos.

Taú

Eu sou testemunha. Sua filha não foi obrigada a nada. Só queríamos ter direito a nosso próprio espaço. Precisamos também da liberdade que todo ser humano merece.

Barão

Conversa sem nexo. Eu quero apenas minha filha de volta e esse delinquente preso. Faça sua obrigação, general.

General

Agora mesmo, barão. Adoro fazer justiça. Não reaja, negro. Será melhor aceitar a situação pacificamente.

Zaci

Eu vou com vocês. Deixem os outros livros. Não machuquem ninguém.

Catherine

Eu irei com você e lutarei pela justiça. Vai ficar tudo bem, amor.

Na casa grande

Barão

Agora é a vez de conversarmos. Que loucura foi essa, minha filha? Com essa atitude, fomos chacota da região inteira. Você não pensou na vergonha que ia provocar? Minha família está desmoralizada.

Catherine

Eu não desmoralizei minha família. Quis apenas assumir meu relacionamento. Não acho justo que uma sociedade hipócrita tenha o poder de ditar meu destino. Eu quero ter a chance de viver bons momentos e ser feliz. Eu apoio a liberdade para todos os seres humanos pois foi assim que Deus nos criou. Não será você nem ninguém que vai me impedir de ser feliz. Nem mesmo a morte pode impedir o amor verdadeiro. Quem me decepcionou foi você, pai. Eu esperava seu apoio e compreensão num momento difícil como este. Eu esperava que entendesse meus motivos de ter agido assim. Eu esperava que você esquecesse as convenções sociais e me aceitasse. Isso para mim é uma grande decepção, bem maior que sua. Será que você não entende que está perdendo o único amor de sua vida por atitudes mesquinhas? Quem vai cuidar de você quando estiver mais velho? Quem que te acompanhou a vida inteira sem pedir explicações? Eu esperava mais de você. Eu sou sua única filha. Se eu fugi, é porque não tive escolha. Eu não sou feliz na minha vida pessoal. Não pedi para nascer rica nem ser exploradora. Eu quero ser uma mulher. Meu projeto de vida é casar e ter filhos. Encontrei no Príncipe do coração de ouro, meu verdadeiro amor. Respeite minha escolha e liberte meu amor.

Barão

Parece que você não aprendeu nada. Você não sabe a dimensão real desse problema. Estamos presos pela razão, filha. É uma desonra casar com um negro porque ele não é do seu nível social. Além disso, ele é escravo. Você não entende que há um abismo intransponível entre vocês?

Catherine

Ele não é do meu nível social. Ele está num nível superior. Ele era príncipe em seu país. Ele tem linhagem nobre. Mas independentemente disso, nós nos amamos. Nada poderá mudar isso.

Taú

Boa tarde a todos. Chego com uma ótima notícia. A princesa Isabel acabou de assinar a lei áurea. A partir de agora, todos os escravos são livres. Não há motivo para manter Zaci Preso. Vamos exigir a sua liberdade.

Barão

Está bem, vocês ganharam. Podem ir atrás dele. Mas não tem minha bênção. Não quero saber mais sobre vocês. O sonho acabou aqui. Não me importa a velhice. Ainda sou bastante rico e posso arranjar uma boa mulher. Podem ir embora imediatamente.

Taú

Você não sabe o erro que está cometendo. Sua filha é uma pessoa maravilhosa e não merece isso. Velho rabugento e ignorante. Você vai sofrer muito.

Catherine

Vamos respeitar sua decisão. Eu não vou morrer por causa do seu desprezo, pai. Vou seguir minha vida feliz com meu esposo. Vou seguir minha vida com fé em Deus. Posso perder tudo na minha vida, menos minha confiança em Deus. Só posso desejar para você boa sorte, você vai precisar muita sorte.

Delegacia

Taú

Viemos busca-lo, companheiro de lutas. A escravidão acabou. Agora somos todos iguais e livres.

Zaci

Que presente maravilhoso da vida! Quer dizer que podemos finalmente ser felizes? Isso é quase inacreditável.

Catherine

Pode acreditar, amor. É a mais pura verdade. Daqui seguiremos para o quilombo. Começaremos uma nova vida sem maiores perseguições. A vida nos deu uma chance de sermos felizes. Precisamos aproveitar isso.

Zaci

Verdade. Nesse momento, imagino o sofrimento de todos meus irmãos assassinados. Isso é uma conquista nossa. Pensei também que não ia ser feliz no amor. Mas aparece uma grande surpresa. Estou completamente contente. Graças ao bom Deus por isso.

Taú

Graças ao nosso grande Deus. Vamos começar a fazer planos para o futuro. O desafio começa agora.

Príncipe do coração de ouro 6

Deitado na cama

Barão

Por favor, eu preciso de ajuda. Sofro muitas dores e solidão. Eu não me sinto bem. Fica comigo. Eu vou te dar muito dinheiro. Sou um homem muito rico e posso realizar seus sonhos. Não se acanhe. Pode chegar mais perto. Preciso de carinho e aconchego. Preciso me sentir importante. Quero ter uma razão para viver e sonhar. Depois de tantos anos, eu acho que mereço. Sempre fui justo com meus empregados. Sempre fui honesto nos meus negócios. Então mereço ter um descanso. Mereço um refúgio humano.

Empregada

Não me faça rir. Você sempre foi um crápula desonesto. Escravizava os negros e expulsou a própria filha daqui. Você merece sofrer muito para poder pagar seus pecados. Você não vai ter minha ajuda. Você vai padecer lentamente. Nem mesmo o salário você paga certo. Não sou sua filha! Se você quisesse paz, você teria aceitado sua filha. Você é um velho preconceituoso e ignorante. Pensa que tudo gira ao seu redor. Você não passa de um verme asqueroso. Aproveite esse momento de dor e pense em todo mal que fez. Arrependa-se dos seus erros e tente ser um ser humano melhor. O sofrimento energiza a alma. Reze e peça proteção aos seus santos. O seu fim se aproxima. A triste saga do Barão de Mimoso.

Barão

Estou consternado! Eu me arrependo do que fiz com minha filha. Eu fui um brutamontes com ela e agora estou sozinho. Pensei que teria saúde o resto da vida. Mas somos mortais. Somos seres frágeis que não devemos ter orgulho. Espero que o sofrimento libere minha alma. Eu quero ter uma chance de reconciliação com o criador. Quando não aprendemos no amor, aprendemos na dor. Descobri isso tarde demais.

Empregada

Ainda bem que refletiu. Vou pedir por sua alma. Essa sua doença não tem solução. A sua morte é inevitável. Mas se isso serviu para reconciliá-lo com Deus, foi uma boa oportunidade. Que Deus tenha piedade de você.

Quilombo

Catherine

Como você analisa o nosso relacionamento?

Zaci

Foi uma dádiva nesse mundo. Quando eu não tinha mais esperanças de ser feliz, você apareceu. Quando eu fui sequestrado na África, meu mundo desabou. O meu coração só transbordava raiva, angústia e indignação. Eu só pensava na desilusão da vida. Por muitas vezes, eu refletia e chorava com minhas desgraças. Eu me sentia totalmente sozinho e desesperado. Eu me sentia um nada. Mas aí eu te conheci. Eu me apaixonei por você. Esqueci meu passado de angústias e ressuscitei. Tive coragem de enfrentar meus piores inimigos e me tornei um homem respeitado, livre e feliz. Eu considero nosso relacionamento com aspecto altamente positivo. Nós nos respeitamos e nos amamos bastante. Cada um de nós tem sua liberdade para tomar suas próprias decisões. Eu me sinto totalmente feliz. E você? Como se sente?

Catherine

Me sinto uma mulher realizada. Transformei meus conceitos e reativei minhas esperanças. Eu me abri para o destino e me encontrei como pessoa.

Eu abri minha visão de mundo com novas possibilidades. Hoje sou uma mulher transformada por Deus e pela vida. Hoje compreendo cada um dos aspectos da humanidade. Quero buscar coisas novas e experimentar situações diversas. Aprendi que é vivendo que se aprende. Entendi que cada coisa no mundo tem seu tempo e lugar. Entendi que temos que aproveitar as oportunidades pois são chances únicas. Temos que tentar encontrar o amor sem muitas expectativas. Precisamos perdoar os outros e corrigir nossos erros. Precisamos persistir em nossos sonhos e fazer novos planejamentos. Precisamos acreditar em nossa capacidade mesmo diante de grandes obstáculos. Precisamos valer a pena cada momento.

Taú

Fico feliz por vocês dois. Sou testemunha do vosso amor. Acompanhei essa trajetória desde o início e posso afirmar que este amor é verdadeiro. Precisamos de mais exemplos como este em nosso mundo. Precisamos acreditar no amor mesmo quando este nos escapa. Algumas coisas que devemos destacar: Fé, coragem, determinação, paciência, união e amor. A maior delas é o amor. Continuem com essa disposição. Vocês têm tudo para construir uma trajetória linda acima dos preconceitos. Vocês são vitoriosos por acreditarem no vosso projeto. Permaneçam sempre determinados. Eu estarei sempre com vocês em nome de vossa proteção. Agradeço este país que nos recebeu de braços abertos. Já me considero brasileiro e sou entusiasta da nação. Vamos fazer a nação crescer e se desenvolver. Nós temos um grande potencial. Precisamos mostrar ao mundo o que o Brasil tem. Vocês são um exemplo de casal que deu certo. Que isso se perpetue de geração em geração.

Final

www.ingramcontent.com/pod-product-compliance
Lightning Source LLC
LaVergne TN
LVHW020446080526
838202LV00055B/5359